Une partie de campagne

FichesdeLecture.com

Une partie de campagne
(Fiche de lecture)

I. INTRODUCTION

Une partie de campagne est une nouvelle de Guy de Maupassant (1850-1893), publiée pour la première fois en 1881 dans *La vie moderne*, puis dans le recueil *La Maison Tellier*.

L'histoire se déroule à Bezons sur les bords de la Seine. Là, une famille de commerçants parisiens, les Dufour, viennent déjeuner ensemble. Nous allons les suivre dans leur journée à la campagne. Maupassant est un écrivain très lié aux naturalistes de son époque. Grand auteur de feuilletons, il décède en laissant plus de trois cents nouvelles et six romans.

II. RÉSUMÉ DE LA NOUVELLE

Nous sommes en 1860, et M. Dufour vient passer la journée à la campagne avec sa famille, sur les bords de la Seine.

Le début de la nouvelle nous raconte le trajet depuis la ville : nous apprenons que cela fait « cinq mois » que la sortie se prépare. M. Dufour a même emprunté la voiture de son laitier pour l'occasion. Les premières lignes nous font partir de Paris, ce qui est très clair avec plusieurs indices de lieux : « Champs-Élysées », « Porte Maillot », Courbevoie… C'est ensuite au tour d'Argenteuil, de Marly, de Cormeilles, c'est-à-dire de ce que nous désignerions aujourd'hui par la région parisienne.

Puis la famille atteint la campagne, en compagnie du commis de M. Dufour, un jeune « garçon aux cheveux jaunes ». Ils s'arrêtent pour déjeuner au bord de l'eau, au niveau d'une auberge indiquant « "Restaurant Poulin, matelotes et fritures, cabinets de société, bosquets et balançoires.".

Mme Dufour et sa fille en profitent pour utiliser s'amuser sur les balançoires. La scène souligne le fort contraste entre les deux femmes.

Deux canotiers des environs remarquent Mme Dufour et Henriette, alors qu'ils déjeunent non loin de la famille. Henriette va se laisser séduire par l'un des deux hommes, prénommé Henri. La scène d'amour est à la fois complétée et symbolisée par le chant d'un rossignol.

L'un des derniers paragraphes de la nouvelle nous indique que Mme Dufour aurait elle aussi cédé aux avances d'un canotier : « *Henri crut voir une jupe blanche qu'on rabattait vite sur un gros mollet ; et l'énorme dame apparut, un peu confuse et plus rouge encore, l'œil très brillant et la poitrine orageuse, trop près peut-être de son voisin. Celui-ci devait avoir vu des choses bien drôles, car sa figure était sillonnée de rires subits qui la traversaient malgré lui.* »

Puis tout le monde prend la route du retour afin de rentrer à Paris.

Deux mois plus tard, « rue des Martyrs », Henri rend visite à la famille du quincailler. Il souhaite en fait revoir Henriette, mais elle est « mariée » désormais. Cela l'attriste beaucoup et il s'en va.

L'année suivante, ils se recroisent à Bezons, au même endroit. Mais le jeune homme aux cheveux jaunes, qui n'est autre que son nouvel époux, déclare qu'il est temps « de nous en aller ».

III. PERSONNAGES PRINCIPAUX

Madame Dufour

La femme de M. Dufour s'appelle Pétronille, puisque la nouvelle se déroule le « jour de sa fête ». C'est une grosse femme, « de trente-six ans environ », dépourvue de grâce, bien qu' « épanouie et réjouissante à voir ».

Sa corpulence est telle qu'elle a du mal à respirer, d'autant que son corset est trop serré pour sa « poitrine surabondante ».

Selon toute vraisemblance, Madame Dufour va elle aussi céder à un canotier... Quoi qu'il en soit, Maupassant n'est pas très tendre avec son personnage, car on est plutôt tentés de rire à la lecture des faits et gestes de Mme Dufour...

Henriette Dufour

Henriette est la fille des Dufour. Tout concourt à la présenter comme l'opposé de sa mère. Elle est jeune (« de dix-huit à vingt ans »), et apparemment très belle et attirante, puisque Maupassant la décrit en ces termes élogieux : « C'était une belle fille de dix-huit à vingt ans ; une de ces femmes dont la rencontre dans la rue vous fouette d'un désir subit, et vous laisse jusqu'à la nuit une inquiétude vague et un soulèvement des sens »

En tout cas, Henriette est sensible à l'alcool, qui lui fait tourner la tête et finalement rejoindre Henri. Au début de leur approche, elle est plutôt gênée et timide (contrairement sa mère), puis le vin la désinhibe. On voit sa sensibilité au fait qu'elle est touchée par le récit presque poétique de la vie du canotier.

Henriette incarne la jeunesse et le désir encore pleins d'innocence. Toutefois, ce sentiment va vite disparaître, d'autant qu'elle épouse le stupide jeune homme blond moins de deux mois après l'histoire…

Monsieur Dufour

M. Dufour n'est pas aussi présent que sa femme et sa fille dans la nouvelle. C'est lui qui conduit, dirige, incite les gens à regarder tel ou tel paysage, se laisse entraîner par l'aspect accueillant de l'auberge… il est là pour se divertir et assume un rôle de manière extérieure (mari et père de famille, etc.).

Cependant, on s'aperçoit rapidement que le quincailler est dépendant des choix de sa femme, et que cette dernière n'hésite pas à se jouer de lui.

Monsieur Dufour aime beaucoup se vanter, en particulier de ses exploits passés (réels ou inventés). Mais il se calme rapidement face aux deux canotiers.

Les deux canotiers

Ils font clairement partie d'un autre univers que les Dufour, celui de la campagne.

Ce sont les « propriétaires des yoles », car ils sont habillés comme des canotiers. Lorsque la famille Dufour vient s'installer, les deux hommes sont déjà étendus au soleil.

Physiquement, ils sont très robustes et apparemment rompus à des travaux physiques et ruraux. Maupassant les qualifie de « solides gaillards » pourtant non dépourvus de « cette grâce élastique des membres ».

Même M. Dufour déclare « vous avez l'air solides ».

Ils sont séduisants et bien faits de leur personne. Cela explique qu'ils parviennent sans trop de mal à séduire les femmes Dufour.

On peut distinguer Henri, qui l'emporte avec Henriette. Son physique robuste laisse place à une émotion et une tendresse qui contraste avec le personnage : « Le rameur regardait tellement sa compagne qu'il ne pensait plus à autre chose, et une émotion l'avait saisi qui paralysait sa vigueur. »

Deux mois plus tard, Henri viendra à Paris pour essayer de voir Henriette, mais trop tard : elle s'est mariée.

Le jeune homme aux cheveux jaunes

Il assiste beaucoup M. Dufour et est en fait son apprenti.

C'est un personnage souvent présenté comme un animal dépourvu de manières, de pensée fine et plutôt rustre : « comme un ogre », « dormait consciencieusement comme une brute. », « toussa », « furetait ».

Au final, il va épouser Henriette, ce qui est la véritable dimension pathétique de la nouvelle : la jeune femme se retrouve coincée dans une union médiocre, après avoir vécu un grand élan de bonheur et de liberté avec son canotier.

La grand-mère

Très peu présente du point de vue de l'histoire elle-même, elle fait tout de même partie de la journée à la campagne.

On la « décharge » de la voiture, puis elle s'amuse à poursuivre un chat pour qui elle développe une tendresse instantanée.

IV. AXES DE LECTURE

Lecture psychologique de la nouvelle

La nouvelle ne cesse de jouer sur les contrastes de désirs, de pensées et de sentiments, ce qui la rend particulièrement dense. De manière simplifiée, on peut relever les duos suivants :

- ville/campagne : notamment à travers les différences entre les personnages
- désir/menace
- attirance/chasse
- plaisir/inquiétude

Henriette, en particulier, incarne beaucoup cette dualité. Les champs lexicaux qui décrivent le moment où elle va céder au jeune canotier montrent à quel point elle peut à la fois « jouir » et ressentir de la « peur » et du « vertige ».

Les souvenirs personnels de l'auteur

Maupassant a beaucoup recours, dans cette nouvelle, à ses propres observations et souvenirs. Les paysages lui sont familiers dans sa propre existence. Lui-même canotait souvent sur la Seine entre Bougival ou encore Chatou.

Cela lui permet de porter un regard ironique, voire critique et moqueur sur l'admiration béate des citadins Dufour lors de leur escapade.

Malgré la brièveté de la nouvelle, Maupassant prend grand soin de nous décrire les lieux traversés depuis Paris, les villes et villages, puis la nature sous toutes ses formes, et les envies qu'elle déclenche chez ses personnages.

En ce sens, notons que la nature est synonyme de désir. On trouve le terme « émoustiller », et l'on peut remarquer que plus les Dufour approchent des lieux, plus la chaleur monte (ce qui est ironique, vu leur nom...).

En tout cas, malgré les parties descriptives et narratives qui sont majoritaires dans cette œuvre, l'écrivain ne se veut pas totalement objectif. Il n'hésite pas à transmettre sa vision négative et son jugement plutôt mitigé sur la famille Dufour. On peut se demander s'il ne s'agit pas d'un premier niveau de critique sociale.

Cela passe par les descriptions de certains personnages, comme celles de Mme Dufour et du jeune homme, qui sont très péjoratives, mais aussi par certaines parties du paysage environnant : « infertilité », « écrasant », « abandonnés »...

Tous ces éléments soulignent l'approche naturaliste particulière de Maupassant, entre impressionnisme et expressionnisme.

Choix narratifs

Maupassant a respecté quelques règles récurrentes des nouvelles de l'époque :
- une certaine unité de lieu
- une unité de temps (une journée, puis deux épisodes postérieurs)
- des dynamiques de duos, de groupes, etc., très binaires, qui structurent le récit.

L'adaptation cinématographique de Renoir

En 1936, le cinéaste Jean Renoir tourne une adaptation de la nouvelle, qui ne sortira que 10 ans plus tard. Le tournage est chaotique et les conditions de production difficiles, mais le film est encore très étudié aujourd'hui.

Renoir a gardé les éléments principaux de Maupassant. Il en a toutefois modifié quelques-uns, dont le portrait de Madame Dufour.

Il a gardé les détails symboliquement forts, tels que l'oiseau (le rossignol), qui représente l'inspiration amoureuse. De plus, sur une dizaine d'épisodes que l'on peut découper dans la nouvelle initiale, on en retrouve huit équivalents dans le film, malgré des différences notables : psychologie beaucoup plus poussée des canotiers, etc.

Escadrille 80

Inconnu à cette adresse

La controverse de Valladolid

Les Vilains petits canards

Une partie de campagne

Cahier d'un retour au pays natal

Dora Bruder

L'Enfant et la rivière

Moderato Cantabile

Alice au pays des merveilles

Le faucon déniché

Une vie

Chronique des Indiens Guayaki

Je voudrais que quelqu'un m'attende quelque part

La nuit de Valognes

Œdipe

Disparition Programmée

Education européenne

L'auberge rouge

L'Illiade

Le voyage de Monsieur Perrichon

Lucrèce Borgia

Paul et Virginie

Ursule Mirouët

Discours sur les fondements de l'inégalité

L'adversaire

La petite Fadette

La prochaine fois

Le blé en herbe

Le Mystère de la Chambre Jaune

Les Hauts des Hurlevent

Les perses

Mondo et autres histoires

Vingt mille lieues sous les mers

99 francs

Arria Marcella

Chante Luna

Emile, ou de l'éducation

Histoires extraordinaires

L'homme invisible

La bibliothécaire

La cicatrice

La croix des pauvres

La fille du capitaine

Le Crime de l'Orient-Express

Le Faucon malté

Le hussard sur le toit

Le Livre dont vous êtes la victime

Les cinq écus de Bretagne

No pasarán, le jeu

Quand j'avais cinq ans je m'ai tué

Si tu veux être mon amie

Tristan et Iseult

Une bouteille dans la mer de Gaza

Cent ans de solitude

Contes à l'envers

Contes et nouvelles en vers

Dalva

Jean de Florette

L'homme qui voulait être heureux

L'île mystérieuse

La Dame aux camélias

La petite sirène

La planète des singes

La Religieuse

À propos de la collection

La série FichesdeLecture.com offre des contenus éducatifs aux étudiants et aux professeurs tels que : des résumés, des analyses littéraires, des questionnaires et des commentaires sur la littérature moderne et classique. Nos documents sont prévus comme des compléments à la lecture des oeuvres originales et aide les étudiants à comprendre la littérature.

Fondé en 2001, notre site FichesdeLectures.com s'est développé très rapidement et propose désormais plus de 2500 documents directement téléchargeables en ligne, devenant ainsi le premier site d'analyses littéraires en ligne de langue française.

FichesdeLecture est partenaire du Ministère de l'Education du Luxembourg depuis 2009.

Plus d'informations sur www.fichesdelecture.com

© FichesDeLecture.com
Tous droits réservés
www.fichesdelecture.com

ISBN: 978-2-511-02964-0

 Notes :

Notes :